길을 묻는 그대에게

길을 묻는 그대에게

M. 스캇펙 지음/최은경 옮김

한국학술정보(주)

목 차

책머리에

　이 책의 첫 장에서 자주 인용되는 문장은 아마도 "인생은 어렵다."는 문구일 것이다. 다시 새겨보면 이 말은 "쉬운 삶은 없다."는 말과 같다. 당신의 인생길에 길동무가 될 이 책에서도 답을 쉽게 찾을 수 없을 것이다. 보통 나의 강연은 이와 같이 짧은 구절로 한 시간 가량 집중적으로 생각해 보는 것이 주된 내용이다. 그때에도 나는 "내가 말 하려는 것에는 언제나 예외가 있다."라고 청중에게 경고한다. 그러므로 당신은 이 짧은 구절을 빠르고 완벽한 해결사로 간주하지 말기 바란다. 오히려 이 글은 더 깊은 사색을 요구하는, 복잡다단하고 때로는 복합된 메시지와 통찰력, 그것들의 사상과 인식이기도 하다.

　이 경고만 받아들인다면 당신은 이 책이 자신의 생애뿐만 아니라 친지와 가족의 생애에 값진 책이 되리라 믿는다. 이 책의 여러 목적 중 하나는 여러분이 깊이 사색하도록 격려하고 나아가 스스로 사고할 수 있게 하기 위함이다. 마음속으로 나는 나의 글이 좋은 편집자의 각별한 도움은 물론 많은 은총을 입었다고 생각하지만 그렇다고 이것이 절대적인 진리라는 말은 아니다. 이 글을 읽으며 사색할 때 의심도 가져보고 과감하게 비평적이기 바란다. 사실 몇 편의 글들은 회의의 필요성을 강조하고 그것이 명석한 사고의 요체임을 밝히고 있다. 예를 들어 나는 이 책에서 성실의 주제를 다루고 있는데, 그 내용은 다음과 같이 주장하고 있다. "성실의 유무를 옳게 판별하려면 여러분은 단 한 가지 질문을 던져보면 된다. 무엇이 빠지진 않았나? 무엇인가 방치된 것은 없는가?" 이 책을 읽으며 여러분은 이와 유사한 질문을 반드시 되새겨 보기 바란다.

여러 글들은 일일 묵상의 형식으로 이에 제시되고 있다. 혹은 정신과 의사로, 인간행동의 관찰자로, 참된 공동사회를 이룩하려는 다양한 집단의 구성원, 또는 지도자로 내가 다양하게 경험한 것과 무엇보다도 영적 세계로의 나의 여정을 그 내용으로 하고 있다.

물론 이와 같은 교훈은 사례연구나 그것을 떠오르게 했던 특별한 상황과 완전히 분리시켜 생각할 수는 없다. 그러므로 이 책의 내용 하나 하나가 소중하게 느껴질 때, 더 탐구해 볼 수 있는 동반자와 안내자로 사용될 수 있다. 그러나 이 책의 글들이 이것을 읽고 명상하는 개개인의 생애와 경험 속에서 새로운 문맥과 의미를 찾았으면 하는 것이 나의 의도요, 희망이다.

우리 자신과 우리의 생애를 명상할 때 온갖 상황을 일일이 고려하게 되면 우리는 전체적으로 또는 모순되게 우리 자신을 보고 있음을 발견하게 된다. 결과적으로 여러분은 이 책에서 많은 모순을 발견하게 될 것이다. 그러나 그것 때문에 낙담하지는 말기 바란다. 오히려 그 속에서 기쁨을 얻고 즐길 수 있다. "선생님, 모든 진리의 핵심에는 모순이 도사리고 있다는 것을 믿으신다고 하셨다는데 그게 맞습니까?" 이와 같은 질문을 던진 학생에게 저명한 철학 교수가 다음과 같이 대답하였다는 일화가 생각난다. "글쎄, 그렇기도 하고 안 그렇기도 하고."

명상의 기도 형태 중 흔한 형태는 한 구절을 얼마 동안 명상하는 것이다. 유태·기독교적인 전통에서는 글이라면 흔히 성서의 구절을 말한다. 불교에서는 아마도 짧은 난해한 어휘, 즉 화두일 것이다.

그것은 시나 시의 일부, 또는 스쳐 지나갈 수 없게 주의를 환기시키는 어떤 것일 수도 있다. 이 책은 이와 같은 의도로 엮어지게 되었다.

글은 슬쩍 스쳐 읽기 위함이 아니다. 고요와 정적 속에서 묵상하여야 한다.

더 깊이 파고들라. "글과 함께 성장하도록 하라." 글의 지혜와 여러분의 지혜 속으로 깊이 파고들라. 모순 속으로도 파고들라.

최근 한 집단 내에서 있었던 과정을 실제로 보기로 하자.

"공동사회, 영성 그리고 훈련"이란 주제를 내건 3일간의 한 지도자 회의에 참석하였다. 첫날 나는 대부분의 참석자가 심리학, 신학, 교육 또는 경영학 분야의 대학원 학위를 받았거나 그 분야에 정통한 보기 드물게 세련된 사람들이라는 것을 알게 되었다. 둘째 날 아침에 나는 오랜 경험으로 미루어 볼 때 참된 공동사회를 이루기 위해서는 세련된 사람보다는 그렇

지 않은 사람이 더 쉬울 것이라고 일러주었다. 참된 공동사회
에 도달하려면 사람들은 누구나 다 그들의 직위, 자격증을 털
어버리고 학문적으로도 초연하여 마음을 비워야 한다. 나는
이미 공동사회 설립은 기도와 유사한 영적 훈련이라고 강조한
바 있다.

"여러분의 지식을 송두리째 버릴 필요는 없지만 다른 것을
수용할 수 있는 여백은 마련해 둘 필요가 있다."라고 설명하
였다. 나는 그들에게 10여 분 동안 간단한 한 문장을 명상하
는 동안 백여 개 이상의 영혼을 지닌 집단으로서 강당에 조용
히 앉아 있으라고 요청했다. 그런 다음 그들 앞에 "너희는 뱀
같이 현명하고 비둘기같이 순진하라."라는 다른 더 위대한 저
자의 글이 큰 글씨로 씌어 있는 도표를 꺼내 보여 주었다.

자, 이제는 생명력이 넘치고 명상으로 가득 찬 이 책에 우
리 다같이 몰두했으면 한다. 지금부터가 시작이다.

인생이란?

1

인생이 어렵다는 것을 진정으로 깨닫고,
이해하고 받아들이면, 인생은 더 이상 어렵지 않다.
그것이 일단 수긍이 되면 더 문제가 되지 않기 때문이다.

2

인생은 문제의 연속이다.
그 문제를 신음하며 살 것인가?
해결할 것인가?

훈련이란?

3

훈련 없이는 우리는 아무것도 해결할 수 없다.
조금 훈련받으면 우리는 인생의 문제를 조금만 풀 수 있다.
많이 훈련된다면 우리는 모든 문제를 풀 수 있다.

4

문제는 성공과 실패를 구별하는 예리한 칼이다.
문제는 우리의 용기와 지혜를 불러일으킨다.
참으로 그것은 우리에게 용기와 지혜를 요구한다.

5

현명한 사람은 두려워하지 않는 것을 배운다.
실제로 그들은 문제에 직면하고 그것을 해결하는 과정에
인생의 의미가 있다고 생각해서 오히려 문제를 환영한다.

6

훈련이란 문제의 고통을 경험하고
그것이 잘 풀리도록 유도하며
성공적으로 그것을 해결하는 과정에서 배우고
성장하는 것이다.
훈련을 시킨다는 것은 고통을 감내하는 법과
성장하는 법을 가르치는 것이다.

7

고통에 직면해서 그것을 경험하고,
넘어섬으로써 생의 즐거움을 고조시킬 수 있다.

8

부모가 자식에게 헌신하는 시간의 정도만큼
자식들은 그들이 부모로부터
소중하게 취급받고 있음을 느낀다.

9

아이들은 자신이 소중히 여겨진다는 것을 알 때,
그들 마음속 깊이 그렇게 느낄 때에서야 비로소
자신의 소중함을 느낀다.
이와 같은 깨달음은 금보다도 더 귀하다.

10

소중하다는 느낌은 자기훈련의 초석이다.
자신을 소중하다고 느껴야 시간을 적절히 사용하는 것을
포함하여 자신을 돌볼 것이기 때문이다.
이와 같이 자기훈련은 자기보호이다.

인생의 문제란?

11

단지 시간을 투자할 의지만 있으면
어떤 문제든 해결할 수 있다.

12

문제는 사라지지 않는다.
문제를 뚫고 나가지 않으면 그것은 그대로 남아
영원히 정신의 성장과 발전에 장애가 된다.

13

인생의 문제는 해결하는 것 이외에
비껴갈 수 있는 방법은 없다.

14

문제를 해결하기 전에 문제에 대해 책임을 져야 한다.
"그것은 내 문제가 아닌데"라고 말하며
다른 사람이 나를 위해 그것을 처리해 줄 것을
희망하는 것으로 문제를 해결할 수는 없다.
"이것은 내 문제니까 문제 해결도 내게 달렸다."라고
말할 때에만 문제를 해결할 수 있다.

책임이란?

15

자유인이 되기 위해 우리는 자신을 전적으로
책임져야 한다.
그러나 그렇게 할 때 우리는 엄밀하게
우리 것이 아닌 책임을 거부하는 능력도 지녀야 한다.

16

우리가 책임져야 하고 책임지지 않을 것을 구별하는 문제는
인간생존의 가장 큰 문제 중 하나이다.
이 과정을 적절히 수행하기 위해서 우리는 계속적으로
자기반성의 고통을 감내할 수 있는
의지와 능력을 지녀야 한다.

17

폭넓은 경험과 길고도 성공적인 성숙을 통해서만
우리는 세계를 보고, 나아가 세계 속의 우리의 위치를
실질적으로 볼 수 있으며 결과적으로
우리 자신과 세계에 대한 우리의 책임을 실질적으로
평가받을 수 있는 능력을 얻게 된다.

18

개개인이 문제를 해결할 책임을 질 때까지
어떤 문제도 해결될 수 없다.

선택이란?

19

우리 자신의 행동에 대한 책임을 회피하려고 함으로써
우리는 어떤 다른 개인이나 기관에 대한 우리의 힘을
포기하고 있다.
이런 식으로 수백만의 사람들은 매일 자유로부터
도피하려고 한다.

20

성인으로서 우리의 선택은 거의 무제한적이다.
그러나 그 선택이 고통스럽지 않다는 의미는 아니다.
종종 우리의 선택은 두 개의 악 중 악의 비중이 덜한 쪽을
고르게 되어 있다.
그러나 이 선택을 하는 것도 우리의 힘에 달렸다.

21

성인으로서의 한사람의 생애는 모두 개인적 선택과 결정의
연속이다.
우리가 이 점을 전적으로 수긍하면 우리는 자유인이 된다.
이것을 우리가 받아들이지 않는 만큼 우리는 영원히
우리 자신을 희생자로 느끼게 될 것이다.

22

우리의 생이 건강하고 우리의 영혼이 성장하려면,
우리는 진실에 헌신적이어야 한다.
왜냐하면 진실이 현실이기 때문이다.
그래서 우리가 세상의 실체를 더 명료하게 보면 볼수록,
우리는 이 세상에서 더 잘 지낼 수 있는 장비를
갖추게 되는 것이다.

현실이란?

23

현실에 대한 우리의 견해는
인생의 지세를 참고해야 할 지도와 같다.
만일 지도가 가짜이고 부정확하면
우리는 길을 잃고 말 것이다.
그러나 지도가 있는 그대로이고 정확하면,
우리는 우리가 어디 있는지를 알게 된다.
그래서 우리가 어디든 가고 싶은 곳을 결정하면
우리는 그곳에 도달하는 법을 알게 될 것이다.

24

상대적으로 운이 좋은 소수만이
현실의 신비를 탐험하며,
세상과 진실에 대한 그들의 이해를 넓히고 다듬으며,
죽음의 순간까지 그것을 재규명하면서
계속해서 정진할 것이다.

25

현실의 내적인 지도를 만드는 데 있어 가장 큰 문제는
우리가 아주 처음부터 시작해야 된다는 데
있는 것이 아니라,
우리의 지도가 정확해질 때까지
그것을 끊임없이 고쳐나가야 한다는 데 있다.

26

우리는 최선을 다해 진실에 도달할 수 있도록,
현재의 안락보다는 궁극적인 이익에 더 중요하고
긴요하도록 항상 생동적이어야 한다.

진실이란?

27

진실에 완전히 헌신한 삶이란 무슨 뜻일까?
그것은 그치지 않고 계속되는
엄격한 자기성찰의 삶을 의미한다.

28

지혜로운 삶이란 명상과 행동이
합치된 삶이다.

29

세상을 알기 위해서는
그것을 검토해 봐야 할 뿐만 아니라
동시에 검토하는 사람도 검토해야 한다.

30

다행히도 우리는 이 세상의 위험의 원천이
외부보다는 우리 내부에 있으며
또한 끊임없는 자기성찰과 명상은 궁극적 생존에
긴요하다는 것을 깨닫기 시작하고 있다.

도전이란?

31

외부 세계에 대한 진단은 내부 세계에 대한 그것만큼
결코 개인적으로는 고통스럽지 않다

32

진실에 전적으로 헌신적인 삶이란
개인적으로 도전받을 태세가 되어 있는 삶을 의미한다.
우리가 현실적인 난관에 봉착하게 될 도전을 받아들이고
심지어 환영한다는 것은 우리를 지혜롭게 할 뿐만 아니라
성숙하게 한다.

33

아마도 우리를 가장 인간적으로 만드는 것은
힘든 노동을 하는 것과
또, 모든 것을 초월하여 우리의 성품을 변모시키는
능력일 것이다.

34

시원한 물가라든가 회의장, 운동장, 저녁식탁,
불이 꺼진 후의 잠자리와 같은 평범한 일상사는
성장과 행복으로 이어진 열린 공간을 탐험할 수 있는
기회를 매일 우리에게 제공한다.

일상사란?

35

영혼의 치유는 도전에 대한 열린 마음이
인생의 한 방편이 될 때까지 완성되지 않는다.

36

사람들이 거짓말하는 이유는
도전의 고통과 그 결과를 회피하기 위함이다.

37

진실을 보류하는 행위는
항상 거짓말을 할 가능성을 남겨 놓는 것이다.

38

힘들지만 정직한 삶과
진실에 대한 헌신적 보답 같은 것은
지속적인 성장과 효과적인 친분관계,
그리고 누군가가 세계에 대한
계몽과 정화의 원천 역할을 해왔다는 증거이다.

정직이란?

39

진실에 헌신적인 사람은 개방적으로 산다.
그리고 개방적으로 사는 그들의 용기를 통해
그들은 공포로부터 자유로워진다.

40

용기 있는 사람은 완전히 정직하기 위해
그들 자신을 지속적으로 내몰아야 한다.
그러나 그들은 적절한 상황에서는 진실 전체를
유보하는 능력도 지니고 있다.

41

조직적이고 효과적이며 현명하게 살기 위해서
우리는 매일의 희열을 지연시키고
미래를 직시해야 한다.
그러나 기쁘게 살기 위해서 우리는 파괴적이 아닌 한은
현실적이고 자발적으로
행동하는 능력도 역시 지녀야 한다.

42

무엇이든 포기하는 행위는 고통스럽다.
그러나 삶의 온갖 곡선과 모퉁이와 타협해야 할 때
우리는 자신의 일부를 지속적으로 포기해야 한다.
양자택일할 수 있는 유일한 대안은
아예 인생행로를 따라 여행하지 않는 것이다.

표현이란?

43

복잡다단한 세상에서 성공적으로 살아가기 위해서
분노를 표현하는 능력도 필요하지만
그것을 드러내지 않는 능력을 지니는 것 또한
반드시 필요하다.

44

우리는 분노를 때와 장소에 따라 다르게
나타내는 방법뿐만 아니라
적시에 적합한 표현양식을 가장 적절하게
연결시키는 방법도 알 필요가 있다.

45

'중년의 위기' 같은 전환기를
골치 아프고 고통스럽게 만드는 것은
우리가 성공적으로 그것을 헤쳐 나가는 도중에
소중히 간직된 생각과 행동, 사물을 보는
옛 방식을 포기해야 하는 데 있다.

46

우리가 옛 유형의 사고와 행동에 매달릴 때
우리는 위기 대처에 실패하고, 참된 의미로 성장하며
더 큰 성숙함으로 성공적으로 전환되는
재생의 기쁨을 누리지 못하게 된다.

포기란?

47

자아를 포기하는 데서
인간은 가장 황홀하고 지속적이며,
변함없이 이어지는 생의 기쁨을 발견할 수 있다.

48

인생에 의미를 부여하는 것은
죽음이다.

인생행로에서

49

누구나 더 멀리 여행하면 할수록,
더 많은 탄생을 경험할 것이다.
자연히 더 많은 죽음까지도.
그러니 기쁨도 더하고 고통도 더 많다.
그러나 포기한 모든 것에서는 얻는 것이 더 많다.

50

고통을 완전히 받아들이기만 하면,
오히려 그것은 고통이기를 멈춘다.

영적인 삶이란?

51

끊임없는 훈련의 연마는
우리를 숙달시킨다.

52

영적으로 발전된 개인은 놀랍게 사랑하는 인간이며,
모든 사람들의 놀라운 사랑은 놀라운 기쁨을 가져온다.

53

영적으로 발전된 사람은
그들의 훈련, 숙련 그리고 사랑의 덕택으로
위대한 힘의 소유자가 된다.
그러나 세상은 그들이 아무 말 없이 남모르게
행동하기 때문에 그들을 아주 평범한 사람으로
볼지도 모른다.

54

어떤 인간의 위대성에 대한 가장 좋은 척도는
고통을 참는 능력이다.
그러나 진실로 위대한 사람은 고통 속에서도
기쁨을 느낀다.

결정이란?

55

최선의 결정자는 그들의 결정 때문에
기꺼이 고통을 받으면서도
또 다른 결정을 할 수 있는 능력을
여전히 지니고 있는 사람이다.

56

부처와 예수는 아주 그렇게 다르지 않다.
예수의 고통이 십자가 위에서 해방이 되고,
보리수나무 밑에서 석가의 기쁨이 해방된 것은 같다.

57

당신의 목표가 고통을 피하고
고민으로부터 도피하는 것이라면
나는 당신에게 더 고차원적인 의식이나 영적인 발전을
추구하라고 충고하고 싶지 않다.

58

당신은 당신의 정체를 포기하기 전에
스스로 정체를 주도해야만 한다.

사랑이란?

59

훈련은 인간의 영적 발전의 수단이다.
그러나 무엇이 훈련에 대한 동기와 힘을 제공하는가?
이 힘을 나는 사랑이라고 믿는다.

60

나는 사랑을 다음과 같이 정의 내린다.
자기 자신과 다른 사람의 영적 성장을 도모할 목적으로
자신을 확장하는 의지라고.

61

사랑의 행위는 그 행위의 목적이
다른 사람의 성장이라고 하더라도
자아발전의 행위이다.

62

자신을 사랑하지 않는 한
다른 사람을 사랑할 수는 없다.

사랑이란?

63

자기 훈련을 마다하고
다른 사람을 돌보는 훈련을 한다는 것은
불가능하다.

64

우리가 우리의 힘을 기르지 않는 한
힘의 원천이 될 수 없다.

65

자기 사랑과 타인 사랑은
서로 협조적일 뿐만 아니라
궁극에는 구별이 되지 않는다.

66

사람은 누구나 자신의 한계를 넘음으로써
그것을 확장시킨다.

사랑이란?

67

사랑은 노력 없이 존재하지 않는다.
그것은 어떤 사람이나 우리 자신을 위해
우리가 한 발 더 딛고, 한 걸음 더 멀리 걷는다는
사실을 통해서만 증명이 되고 실제로 보인다.

68

사랑은 의지의 행위이다.
즉 의도이며 행동이다.
사랑은 그것을 행동으로 옮기는 데 존재한다.

69

사랑에 대한 모든 오해 중
가장 강력하고 널리 퍼진 것은 '사랑에 빠진다'는 것이
곧 '사랑'이라는 개념이다.
그러나 서약을 하게 하여 참된 사랑을 시작할 수도 있고,
일생 동안의 사랑 후에도 우리 것일 수 있는
더 오래 지속되는 신비스런 황홀경을 미리 맛보게
할 수도 있다.

70

참된 사랑은 때로 사랑의 느낌이 부족하고,
우리가 사랑을 느끼지 않는 데도 불구하고
사랑스럽게 행동할 때에 일어나기도 한다.

사랑이란?

71

우리는 사랑에 빠지는 경험에
응답하는 방법을 선택할 수는 있다.
그러나 그 경험 자체를 선택할 수는 없다.

72

참된 사랑은
영원히 자아를 확대해 가는 경험이다.

73

우리들 자신과 서로의 개성이 분리됨을
진실하게 받아들이는 것만이
성숙된 결혼이 기초를 두고 참된 사랑으로
성장할 수 있는 유일한 반석이다.

74

성자로 가는 길은 성인기를 거치는 것이다.
빠르고 쉬운 지름길은 없다.

자아란?

75

사람은 누구나 자아를 잃기 전에
그것을 발견해야 한다.

76

진정한 영적 성장은
참된 사람의 부단한 실천을 통해서만 성취될 수 있다.

77

사랑은 자유로운 선택의 행사이다.
두 사람은 상대방이 필요 없이
아주 잘 살 능력이 있을 때도
함께 살기로 선택했을 때만
서로를 사랑하는 것이다.

78

확실하게 사랑받을 유일한 방법은
사랑을 받을 만한 인간이 되는 것이다.

사랑이란?

79

사랑의 유일한 참된 목표는
영적 성장이나 인성 계발이다.

80

성인은 자야하고
예언자로 놀아야 한다.

81

사랑은 단지 주는 것만이 아니다.
그것은 분별력 있게 주고 동시에
현명하게 주는 것을 분류하는 것이다.

82

독립성을 키워주는 것은 스스로 자신을
돌볼 수 있는 사람을 돌보아 주는 것보다
더 큰 사랑의 표시이다.

사랑이란?

83

사랑의 모순은
그것이 이기적이면서도
동시에 이기적이지 않은 데 있다.

84

순수한 사랑은
서약과 지혜의 수행을
함축하고 있다.

85

부부는 항상 조만간에 사랑의 불화를 만나게 된다.
합치의 본능이 다 경과되었을 그 순간에
순수한 사랑을 할 기회가 시작된다.

86

진실로 사랑하는 사람은
사랑하겠다는 결심 때문에 그렇게 한다.
이 사람은 사랑의 느낌이 존재하건 안하건
사랑하기로 서약을 한 것이다.

사랑이란?

87

자신의 감정 속에서 사랑의 증거를 찾는 것은
쉬운 일이고 그다지 불쾌하지도 않다.
그러나 자신의 행동에서 사랑의 증거를 찾기는
어렵고 고통스러울지도 모른다.

88

어떤 행위가 노력이나 용기에서 비롯되지 않았다면,
그것은 사랑의 행위가 아니다.

89

무엇보다도 우리가 사랑하는 사람에게 줄 수 있는
가장 중요한 형태의 배려는
주의 깊게 듣는 것이다.

90

참된 경청은
실천하는 사랑이다.

두려움이란?

91

사람들은 변화의 두려움을
다른 방식으로 처리한다.
그러나 우리가 실질적으로 변화하려면
두려움은 불가피하다.

92

용기는 두려움이 부재한 것이 아니다.
그것은 공포에도 불구하고 행동화하는 것이다.

93

어떤 단계에서든 정신적 성장과 사랑은
항상 용기를 요구하고 모험을 수반한다.

94

여러분이 고통을 감수하지 않으려고 결심한다면
많은 것 없이 지내야 한다.
아이를 갖는 것, 결혼하는 것, 성적인 만족,
야망의 추구, 우정······.
이 모든 것은 인생을 생동감 있고 뜻있게,
그리고 중요하게 만든다.

죽음이란?

95

어떤 차원이든 성장하도록 하라.
그러면 즐거움과 함께 고통도 당신에게 보답할 것이다.
유일한 또 다른 길은 충실하게 살지 않거나
전혀 살려고 하지 않는 것이다.

96

죽음이 영원한 동반자라는 것을 알고
우리가 살 수 있다면, 죽음은 좀 두렵지만
끊임없이 지혜로운 상담의 근원으로
우리와 제휴하게 될 것이다.

97

우리가 시시각각으로 변모되는
사물의 본질과 죽음을 피하려고 한다면
우리는 삶 자체를 필연적으로 피하게 되는 것이다.

98

모든 인생은 그 자체가 위험을 대변하고 있다.
그러므로 우리가 우리의 생을 사랑스럽게 살면 살수록
우리는 더 큰 모험을 하게 된다.

성장이란?

99

우리가 일생 동안 겪는 수천,
아니 수백만의 모험 중에서 가장 큰 것은
성장하는 모험이다.

100

영적 성장은 미지의, 미결단의, 불완전하고 불안하며,
정당화될 수 없고, 예측하기 어려운 곳으로
두려운 도약의 발을 내딛는 것이다.
이것은 수많은 사람이 그들 생애에서
경험하지 못하는 도약이다.

101

인생에 있어서 유일한 참된 안정은
인생의 불안정을 음미하는 데 있다.

102

사람이 완전한 인격, 심리적 독립
그리고 독특한 개성으로
미지의 세계로 도약해 진입했을 때만
그는 더 고양된 영적 성장의
길을 자유로이 거닐 수 있고
가장 위대한 차원에서
자유롭게 사랑을 나타낼 수 있다.

사랑의 실천이란?

103

헌신적 사랑의 실천은
모든 순수한 관계의 기본이요,
초석이다.

104

깊이 있는 사랑의 실천은
서로의 관계의 성공을 보증하지는 않으나
그것을 확신시키는 데 어느 다른 요소보다
더 큰 도움을 준다.

105

첫눈에 반한 맹목적인 사랑에서
진정한 사랑으로의 전환을 가능하게 하는 것은
사랑을 실천하겠다는 생각이다.
임신 후 사랑의 실천이 우리를 생물적 부모로부터
심리적 부모로 전환시킨다.

106

당신 내부에 상대방을 위한 여백을 남겨 놓지 않고서
상대방을 진실하게 이해하기란 불가능하다.

자식이란?

107

아이들의 요구를 충족시켜 주기 위해
우리는 자신을 변화시켜야 한다.
이와 같은 변화의 고통을 스스로가 기꺼이 감내할 때에
우리는 아이들이 필요로 하는 부모가 될 것이다.

108

자식들로부터 배우는 것이
대부분의 사람에게 의미 있는 노후를 확신시키는
최상의 기회이다.

109

아마도 사랑의 가장 위대한 모험은
겸손하게 힘을 행사하는 그 무엇일 것이다.

110

순수한 사랑은 고유의 개성을 인정하고 존경하며
다른 사람의 독특함을 존중하는 것이다.

결혼이란?

111

남편과 아내가 서로의 가장 좋은 비평가가 아닌 한
어떤 결혼도 참된 의미로 성공적이라고
판단될 수 없다.

112

상호간의 사랑 대결은 모든 성공적이고
의미 있는 인간관계의 중요한 부분이다.
그것 없이는 그 관계가 성공하지 못하거나
깊이가 없게 된다.

113

우리의 말을 상대방이 듣게 하려면
우리는 듣는 사람이 이해하는 언어로
또한 듣는 사람이 행동할 수 있는 수준에서
이야기해야 한다.

114

겸손한 사랑을 통해서만 인간은
감히 신이 될 수 있다.

자기훈련이란?

115

자기훈련은
흔히 실천으로 옮겨진 사랑이다.

116

우리의 감정은 힘의 원천이다.
그것은 우리가 해야 할 일들의 완성을
가능하게 한다.

117

우리의 감정이 우리를 위해 작업하고 있으므로,
우리는 그것을 소중하게 다루어야 한다.

118

순수한 사랑은 자기 자신의 확장을 포함하므로
많은 양의 에너지가 필요하다.
좋든 싫든 간에 우리는 단순히 모든 사람을
사랑할 수 없다.

사랑의 관계란?

119

순수한 사랑은 귀하다.
그래서 순수한 사랑을 할 수 있는 사람은
그들의 사랑이 자기훈련을 통해
최대한 생산적으로 집중되어야 한다는 것을
알고 있다.

120

반려자와 자식과 진정한 사랑의 관계를
이루었다고 장담할 수 있는 사람은
대부분의 사람이 일생 동안 성취한 것보다
더 많은 성취를 이룬 것이다.

121

자유와 훈련은 엄밀히 보면 서로 보조적이다.
순수한 사랑의 훈련 없이는
자유는 틀림없이 사랑과 거리가 있고
파괴적이다.

122

순수한 사랑은 자기보충을 한다.
타인의 영적 성장을 당신이 키우면 키울수록
당신의 영적 성장도 촉진된다.

연인이란?

123

내가 사랑을 통해 성장할 때 나의 기쁨도 성장한다.
끊임없이, 그리고 더욱더 지속적으로.

124

진정한 연인은 항상 사랑하는 사람의
독특한 개성과 독립성을 존중하고,
한발 더 나아가 격려해 준다.

125

결혼은 상호간에 관심, 시간, 정력의
큰 헌신이 요구되는 참된 협동수단이다.
그러나 참여자 각각의 영적 성장의 정상을 향해
남녀 서로를 섭생시키는 중요한 목적을 위해서도
존재하고 있다.

126

남녀 모두는 결혼이라는 가정을 돌보아야 하고
함께 위험을 무릅쓰고 나아가야 한다.

결혼이란?

127

부부의 결합을 풍요롭게 하는 것은
서로의 독립성이다.

128

순수한 사랑은 상대방의 개성을 존중할 뿐만 아니라
실제로 분리되고 상실되는 위험에도 불구하고
그것을 키워준다.

129

의미 있는 여행은 성공적인 결혼이나
성공적인 사회가 제공하는 보살핌 없이는
이루어질 수 없다.

130

남녀가 각기 홀로 여행한 꼭대기로부터
결혼이나 사회를 키우려고 돌아왔을 때
결혼이나 그 사회는 그들 모두에게
새로운 봉우리로 고양될 수 있다.

사랑이란?

131

서양에서는 사랑이라는 논제에 대해서
당황하는 것 같이 보이나 힌두교 지도자는
그들의 사랑이 힘의 원천이라는 것을
태연하게 받아들인다.

132

어떤 순수한 사랑의 관계이든
그것은 상호간에 정신적 치료가
될 수 있다.

133

모든 인간의 교류는
배우거나 가르칠 수 있는
기회이다.

134

내가 사랑하는 사람이 내 눈앞에 처음으로 환하게
벌거벗은 채 서 있을 때
내가 온몸으로 느끼는 감정은 경이로움이다.
만일 성이 본능에 불과하다면
왜 나는 단지 호색적이고 굶주린 것처럼만 느끼지 않을까?
이와 같은 단순한 굶주림은 종자의 전파를 보전하는 데
충분할 것이다.
그렇다면 왜 경이감이 있을까?
왜 성은 존경심으로 복잡다단해지는 것일까?

종교란?

135

훈련과 사랑 그리고 생의 경험 속에서 우리가 성장할 때
세상과 그 속의 우리 위치에 대한 이해가
자연히 급속하게 커지게 마련이다.
이와 같은 이해심이 바로 종교이다.

136

우리는 주위 사람이 믿는 것을 믿고,
그들이 우리에게 말하는 실체의 본질을
진실로 받아들이는 경향이 있다.

137

우리의 세계관을 결정하는 것은
부모가 말로 하는 것이 아니라
그들의 행동으로 우리에게 창조해 주는
독특한 세계이다.

138

성스럽게 되는 길은
모든 것을 캐어묻는 데 있다.

경험이란?

139

우리의 능력 한도에서 최선의 것이 되려면,
우리의 종교나 세계관은
우리 자신의 실제 경험의 용광로에서
우리의 의문과 의심의 불로 완전히 달구어진
전적으로 개인적인 것이어야 한다.

140

실제로 어떤 것을 경험하지 않고서
그것을 스스로 안다고
간주할 수는 없다.

141

우리가 영적으로 성장하기 위해서는
우리 문화의 일반적인 가설과 개념을 의심하는
과학자가 되는 것이 긴요한 일이다.
그러나 과학 자체의 개념이
자주 문화적 우상이 되기도 한다.
그러므로 이것 역시 의심하는 것이 필요하다.

142

신에 대한 믿음에서 우리가 성숙되어
나오는 것은 참으로 놀랍다.
이제 여러분에게 제언하고 싶은 것은
신에 대한 믿음 속으로 성숙해 들어가는 것도
역시 가능하다는 것이다.

과학이란?

143

의심 이전에 오는 신은
그 이후에 존재하는 신과는
유사성이 거의 없을 것이다.

144

"인간은 죽음과 영원을 동시에 경험할 수 있다."
그리고 "빛은 동시에 파동이며 분자이다."라고
말할 수 있을 때 과학과 종교는 모순이라는
같은 언어를 말하기 시작한 것이다.

145

우리는 타는 숲, 갈라지는 바다.
하늘로부터의 우렁찬 목소리를 찾아왔다.
그 대신에 우리는 일상적으로 반복되는
매일 매일의 생의 사건에서
기적의 증거를 찾아야 한다.

146

우리의 시야가 과학적인 관점으로
절름발이가 되지 않는 것이 긴요하듯이
우리의 비평 안목과 의심하는 능력도
영적 세계의 찬란한 아름다움에
눈이 멀어서는 안 된다.

기적이란?

147

아주 힘든 역경에 처했어도
정신적, 육체적 건강을 보호하고 지탱하는 데
일상적으로 작용하는 것 같은,
우리가 완전히 이해할 수 없는 역학, 힘이 있다.
종교적인 사람들은 그것을
신의 은총으로 돌리고 있다.

148

여러분이 자기 자신을 오랫동안 열심히 이해하려고 하면,
자신이 거의 알지 못하는 마음의 큰 공간에
무의식적인 부문이 상상할 수 없는 보고를 지니고 있음을
발견하게 될 것이다.

149

무의식이 꿈을 통해 전달하는 메시지는 항상
우리의 정신적 성장을 도모하게 고안되어 있는 것 같다.
그것은 개인적 함정에 대한 경고로서,
문제해결의 안내자로서, 우리의 행동이
잘못된 것이 아닌 걸 생각하게 해주는 격려로,
그리고 우리가 길을 잃어 헤맬 때 길을 묻는
방향 탐지기로서 우리에게 작용하는 것이다.

150

무의식은 우리가 자고 있을 때에도
우리가 의식이 있을 때 못지않게
우아하고 유익하게 우리에게
의사소통을 하고 있을지도 모른다.
이와 같은 '한가로운 생각'이
흔히 우리 자신에게
극적인 통찰력을 제공한다.

무의식이란?

151

문제는 인간이 적대적이고
성적인 감정을 가졌다는 것이 아니라,
오히려 인간이 이와 같은 감정을
기꺼이 직면하려 하지 않고,
그것과 연관된 고통을 참으려 하지 않으며
단지 숨기려는 데 있다.

152

우리는 언제나 우리가 믿고 있는 자신보다
모자라거나 넘치는 능력을 갖추고 있다.
그러나 무의식은 우리의 참 모습을 알고 있다.

153

문제는 모든 것에 대한
우리의 무의식이 의식보다도
더 큰 지혜를 지니고 있다는 것이다.

154

모든 지식과 지혜는
우리의 마음속에 내재해 있는 것 같다.
우리가 어떤 새로운 것을 배울 때
우리는 사실 우리 안에 내내 존재하고 있던 것을
단지 발견하고 있는 것이다.

기적이란?

155

기적 같은 것은 없다고
때때로 믿으려고 하는 그 마음이
바로 기적이다.

156

은총은 누구에게나 내릴 수 있다.
그러나 어떤 사람은 그것을 이용하고
어떤 사람은 그렇지 않다.

157

은총에 힘입어 도저히 있을 수 없는 일들이
우리에게 항상 발생하고 있다.
마치 유리창을 부드럽게 치는 딱정벌레가
극적일 수 없는 것처럼
그것은 우리 의식의 문을
조용히 두드리고 있다.

158

우리의 개념의 틀에
은총의 현상을 같이 곁들이지 않고는
우주나 우주 속의 인간의 위치를
완전히 이해할 수도, 접근할 수도 없다고 생각한다.
그렇게 하는 것은 위험해 보이기도 한다.

은총이란?

159

우리의 일생은 죽는 날까지
영적 성장을 할 수 있는 무한한 기회를
우리에게 제공하고 있다.

160

우주에 대해 우리가 알고 있는 한도 내에서
진화는 전혀 존재하지 않았어야 한다.
이 과정의 가장 두드러진 특성은
그것이 기적이라는 점이다.

161

우리가 수렁을 헤치고 나와도
태어난 곳으로 다시 빠져 들어가게 하는
항상 더 험난한 길을 택하도록
우리를 밀어 넣는 어떤 힘이 있다.
이 과정을 벗어나려는 온갖 노력 속에서
우리는 더 나은 인간이 된다.

162

성장을 이룩한 사람들은
성장의 열매를 즐길 뿐 아니라
그 같은 열매를 세계에 제공한다.

진화란?

163

개인으로 진화되어
우리는 우리의 어깨에 사람을 짊어지고 간다.
그래서 인간이 진화한다.

164

우리의 본능적인 무기력을 없애 주며
완전한 인격의 개인으로 성장하도록 유도하는
이 힘이 무엇일까?
그것은 사랑이다.

165

우리가 스스로를 고양시키는 것은
사랑을 통해서이다.
그리고 우리는 타인에 대한 우리의 사랑을 통해
다른 사람이 그들 스스로를
고양시키는 것을 돕고 있다.

166

모든 생명체에 존재하고 있는
진화의 힘은 인류의 경우,
인간애로 나타나고 있다.

신이란?

167

우리가 진지하게 생각해 보면,
신을 사랑한다는 것이
쉽게 인생을 살라는 것이 아님을
발견하게 될 것이다.

168

신은 왜 우리가 성장하기를 바랄까?
신이 우리에게서 원하는 것은 무엇일까?

169

사랑의 하나님을 가정하고
그에 대해 생각하는 우리 모두는
언젠가는 하나의 무서운 개념에 도달하게 된다.
즉 하나님은 우리가 그 자신이 되기를
원한다는 것이다.

170

진화하는 힘의 원천은 신이고
목적지도 신이다.

믿음이란?

171

고고한 힘의 자리에서 우리를 잘 돌보아 주리라는
좋은 옛 하나님을 믿는 것은 우리가 그의 지위,
그의 권력, 그의 지혜와 그의 정체를 획득해야 된다고
우리를 위해 믿고 있는 어떤 신을 믿는 것과는 판이하다.

172

신성은 우리가 획득하기 불가능한 것이라고 믿는 한
우리는 고양된 수준의 의식과 사랑의 행위로
우리 자신을 밀어 올릴 필요는 없다.
우리는 편안한 마음으로 인간이 되면 된다.

173

신이 되는 것이 가능하다고 우리가 믿자마자
우리는 오랫동안 결코 휴식할 수 없을 것이다.
우리는 더 큰, 더 위대한 지혜,
더 크고 더 위대한 효과를 내기 위해
끊임없이 정진해야 된다.

174

우리가 신과 같이 되도록 신이 우리를
능동적으로 양육한다는 사실은
우리를 태만과 마주치게 한다.

게으름이란?

175

우리가 게으름을 극복한다면
영적 성장의 다른 장애가 극복될 것이다.
그렇지 않으면 어떤 다른 것도
극복되지 않을 것이다.

176

게으름은
사랑의 가장 큰 적이다.

177

제안된 행동 방향의 지혜에 관해 토론함에 있어
인간은 판에 박은 듯이 어떤 문제에 대해
신의 편에 서는 데 실패하고 만다.

178

'우리 안의 신'의 소리를 우리가 귀담아 듣는다면,
우리는 노력을 덜 경주하기 보다는 더 경화해야 하고
더 고된 길을 택하도록 독려 받고 있음을 알게 된다.
우리 한 사람 한 사람은 뒤로 물러나
이 고통스러운 발걸음을 피하려고 한다.

변화란?

179

변화에 대한 두려움의 근거는 태만에 있다.
그것은 우리가 해야 하는 일에 대한 공포이다.

180

신에 대한 문제 제기는
우리를 많은 일로 몰아넣을지도 모른다.
그러나 아담과 이브 이야기와 같은 교훈은
그렇게 해야 된다는 것이다.

181

이 세상에서 악과의 싸움에 우리가 관련되는 것은
우리가 성장하는 방법의 하나이기도 하다.

182

영적 성장의 징표는
그들 자신의 태만의 인식이다.

자신의 내부

183

여러분이 은총을 찾을 수 있는
가장 가까운 장소를 알고자 한다면
그것은 자신의 내부일 것이다.

184

여러분이 자신의 지혜보다도
더 위대한 지혜를 갈망한다면,
여러분은 자신의 내부에서
그것을 찾을 수 있다.

185

명백히 말하면 우리의 무의식은 신이다.
우리 안의 신이다.
신은 내내 우리와 함께 계셨고
오늘도 그러하며 항상 그럴 것이다.

186

내 눈에는 집단적 무의식이 신이다.
무의식은 개개인으로서 인간이며,
개인적 무의식은 그들 사이의 공유영역이다.
그러므로 영적 성장의 목적은 의식을 유지하면서
신과 같이 되는 것이다.

187

우리가 병이 드는 것은
우리의 의식적 자아가 우리의 무의식적 지혜를
거부하기 때문이다.

188

우리는 의식적인 개체로,
신의 새로운 생의 형태로 되기 위해
태어난 것이다.

189

신학과 대부분의 신비주의자의 목표는
자아를 상실한 무의식의 아기가 되려는 것이 아니다.
오히려 신의 자아가 될 수 있는
성숙된 의식적 자아를 개발하기 위함이다.

190

우리가 성숙된 자유의지를 신의 것과 일치시키려면
우리는 신을 대신하여 인류 가운데서 일하며,
전에 사랑이 존재하지 않았던 곳에 사랑을 창조해 주고,
인간 진화의 일면을 발전시키며,
신의 은총의 한 형태가 되는 것이다.

의식이란?

191

정치적 권력은 다른 사람을 자기 의지대로
강압적으로 따르게 하는 능력이다.
영적인 힘은 스스로가 최대한 깨어 있는 상태로
결정을 내리는 능력이다.
이것은 의식이다.

192

우리는 흔히 가장 확신에 차 있을 때
가장 암흑 속에 놓이게 되고,
가장 혼돈되어 있을 때
가장 크게 깨닫게 된다.

193

더 큰 깨달음은 한 번의 눈을
현혹시키는 순간에 오는 것이 아니다.
그것은 천천히, 조금씩 오며,
각 깨달음의 파편은 우리 자신을 포함하여
모든 것을 끈기 있게 연구하고 관찰함으로써
얻어져야 한다.

194

영적 성장의 길을 오랫동안 성심껏 따르면
점진적으로 우리는 우리가 하고 있는 것이
실제로 무엇인지 알게 되는 곳에 도달할 수 있다.
우리는 진정한 권력을 잡을 수 있다.

깨달음이란?

195

영적으로 가장 성숙한 사람은 인생의 전문가이다.
우리가 하고 있는 일을 진실하게 알 때
우리는 신의 전능에 참여한 것이다.

196

지식과 권력의 원천에 대해 끊임없이 질문을 받을 때
진실로 힘이 있는 사람은 다음과 같이 대답할 것이다.
"그것은 나의 힘이 아니다.
내가 지닌 보잘 것 없는 힘은
단지 더 큰 위대한 힘의 작은 표현일 뿐이다……"
그것은 모든 인류의, 모든 삶의, 또한 신의 것이다.

197

신과의 밀접한 교통을 감지하고
실질적으로 힘을 지닌 사람은
일종의 잔잔한 황홀감, 고독의 정지,
의사소통을 열어주는 자아의 상실을 경험한다.

198

그것이 비록 기쁘다고 해도
영적 힘의 경험은 역시 두렵기도 하다.
한 인간의 인식이 크면 클수록
행동화하기는 더 어렵기 때문이다.

신성이란?

199

우리는 모두 장군이다.
우리가 어떤 행동을 취하든
그것은 문명의 행로에 영향을 줄지 모른다.

200

누구나 신성에 접근하면 할수록
신에 대해 동정심을 더 느끼게 된다.
신의 전능에 참여한다는 것은
역시 신의 고뇌도 나누어 갖는 것이다.

201

대통령이나 왕은 그들의 친구가 있다.
그러나 영적 힘의 가장 높은 수준으로 발전한 사람은
심오한 내용을 나눌 사람이 없다.
다른 사람이 충고할 수는 있다.
그러나 결정은 어디까지나 당신의 것이다.

202

영적 성장으로 이끄는 행로의 고독감은 큰 부담이 된다.
그러나 점진되는 의식과 신을 알게 되는 친교 속에는
우리를 지탱해 줄 충분한 기쁨이 있다.

성장이란?

203

사랑은
영적 성장으로 자신을
확장시키려는 의지이다.

204

인간의 사랑할 수 있는 능력과
이에 따라 성장하려는 그들의 의지는
은총과 신의 사랑에 의해
일생 동안 키워진다.

205

은총은 누구나 얻을 수 있다.
우리는 모두 신의 사랑의 옷을 입고 있다.
어느 누구도 다른 사람보다 덜 고상하지 않다.

206

은총으로의 소명은 승진이며
더 큰 책임과 권력의 자리로의 소명이다.

은총이란?

207

은총을 깨닫고, 개인적으로 그것의
끊임없는 임재를 경험하며,
신과 가까이 있다는 것을 아는 것은
사람들이 거의 소유하지 않고 있는
내적 평온과 고요를 알고
지속적으로 경험하는 것이다.

208

신과 거리감이 없음을 경험하는 것은
역시 신이 되는 의무를 경험하며,
어떤 희생이 요청되더라도
봉사의 일생을 사는 것이다.

209

우리 대부분은 성인의 자유와 권력이
당연한 것이라고 믿고 있다.
그러나 우리는 성인으로서의
책임과 자기훈련에 대해선 둔감하다.

210

자신 이외에는 책망하는 사람이 없는
권력의 위치에 상승한다는 것은 두려운 일이다.
그 고상한 지위에 신의 존재가 함께 하지 않는다면,
우리는 고독감에 공포를 느낄 것이다.

고독이란?

211

대부분의 사람은 권력의 고독감 없이 평화를 원한다.
그리고 그들은 성장할 필요 없는
성인 시절의 자신감을 원한다.

212

우리는 "아, 기쁘다."라는 현상으로 은총으로의
갑작스러운 소명의 경험을 상상하는 데 익숙하다.
내 경험으로 보면 그것은
아주 보잘것없는 현상에 불과하다.

213

은총의 소명을 마침내 귀담아 듣는 순간
우리는 "주님, 감사합니다."
또는 "주여, 제가 받을 가치가 없습니다."라고 하거나
"주님, 제가 그래야 합니까?"라고
말할지도 모른다.

214

우리가 은총에 도달하는 것이 아니고,
은총이 우리에게 오는 것이다.

은총이란?

215

한쪽에서 보면 우리가
은총의 소명을 받아들일지 말아야 할지를 선택한다.
그러나 다른 면에서 보면 선택을 하는 장본인은
신인 것이 확실해 보이기도 한다.

216

우리가 스스로를 완전히 훈련되고 전적으로 사랑하는
개인으로 변모시킬 수 있다면,
비록 신학에 무식하고 신에 대해 무심하다 하더라도
우리는 은총의 도래를 위해
우리 자신을 잘 준비시킨 것이 될 것이다.

217

우리가 은총을 받도록 원할 수 없다 해도,
우리는 스스로의 의지로 이 기적적인 도래에
우리 마음을 열 수 있다.

218

구하고, 구하지 않는
역설적 행위를 통하여
우리는 예기치 않은 발견의 선물과
은총의 축복을 얻게 된다.

사랑이란?

219

누구나 사랑받기를 원한다.
그러나 먼저 우리는 사랑하고 훈련된 인간이 됨으로써
우리 자신을 사랑받게 하여야 한다.

220

보상을 받겠다는 주된 관심 없이
우리 자신과 다른 삶을 돌본다면
우리는 사랑스럽게 되고,
우리는 추구하지 않았던 사랑받는 보상이
우리를 찾아다닐 것이다.

221

은총의 선물을 깨닫게 되는 숙달된 능력과 함께
우리는 우리의 여정이 보이지 않는 손과
우리의 도움을 받지 않은 의식이 할 수 있는 것보다
무한하게 더 큰 정밀성을 지닌,
상상할 수 없는 신의 지혜에 의해
인도되고 있음을 발견하게 될 것이다.

222

예언자의 말과 은총의 도움이 있다고 해도
여행은 홀로 감행되어야 한다.

의식(儀式)이란?

223

의식(儀式)은 단지 학습보조도구일 뿐,
배움 자체는 아니다.
유기체 식품을 먹고,
식사 전 아베마리아를 다섯 번 외치고,
동쪽이나 서쪽을 향해 기도하며,
주일예배 보러 가는 이 모든 것이
여러분을 목적지로 데려가지는 않을 것이다.

224

은총의 존재는 신의 실체뿐만 아니라
신의 의지가 개개인의 영혼의 성장에 기여하고 있다는
실체의 증거이다.

225

온총을 통해 우리는 넘어지지 않게 도움을 받고,
온총을 통하여 우리는
천국에서 환영받고 있음을 알게 된다.
더 이상 무엇을 요청하겠는가?

226

인류는 진화적 도약을 하는 중이다.
"도약에서 우리가 성공하는가,
안 하는가는 여러분의 개인적 책임이다."

진화란?

227

사람이 단지 사회적 동물인 것은
더 이상 충분한 것이 아니다.
우리의 긴요하고, 중심적이며 절실한 임무는
우리 자신을 공동체의 구성원으로 탈바꿈하는 것이다.
이 유일한 길을 통해서만
인류의 진화가 지속될 수 있을 것이다.

228

다양한 인간을 인식한다면
여러분은 인간의 상호 의존성을
깨닫게 될 것이다.

229

완전히 인간이 되기 위해서
우리는 개체가 되라는 요청을 받고 있다.
우리는 독특하고 남과 달라야 한다.
우리는 힘의 부르심을 받았다.

230

우리는 우리 운명의 주인은 아니더라도,
최선을 다해 우리 자신의 배의 선장은 되어야 한다.

사회적 동물이란?

231

여성들은 남성적인 면을 강화할 필요가 있다.
남자들이 여성적인 면을 성장시키려면,
성장을 방해하는 약점을 보완해야 한다.

232

우리는 완전히 우리 자신이 될 수 없다.
우리는 어쩔 수 없는 사회적 동물이다.
그러므로 우리는 생존을 유지하기 위해서가 아니고,
단지 친구를 삼기 위해서가 아니라
무엇이든 우리 생에 의미를 부여하기 위해
서로를 결사적으로 요구하고 있다.

233

일단의 수도승들이 사멸되어 가는 그들의 수도회를
구할 수 있는 충고를 랍비에게 요청하자 그는
"미안하지만 내가 말할 수 있는 유일한 것은
당신들 중에 메시아가 있다는 것이다."라고 말했다.
연로한 수도승들은 이 말을 생각하며 그들 중 한 사람이
메시아가 될지 모른다는 만에 하나의 가능성에
극진한 존경심으로 그들 스스로와 서로를
잘 대우하기 시작했다.

234

우리 자신의 개인 생활과 개인적 영향권 내에서
우리가 공동체의 기본원칙을 배울 때까지,
국제적 평화를 성취할 수 있는 유일한 길은
지구촌 공동체를 향해 우리가 얼마나 멀리
갈 수 있는가에 대해서 의심을 갖는 것이다.

규칙이란?

235

게임이 여러분을 분명히 살해하고 있을 때,
게임의 법칙을 진지하게 바꿀 생각을 하는 것은
비현실적이 아니다.

236

인류가 생존하려면 규칙을 바꾸는 일 외에는
다른 선택이 없다.

237

영적 치유는 온전하거나 성스럽게 되고,
점점 의식을 갖게 되는 과정이다.

238

핵 기술의 가장 놀라운 결과는
아마도 육체적인
그리고 정신적 구원이
더 이상 분리될 수 없는 지점까지
인류 전체를 몰고 왔다는 점이다.

영혼이란?

239

우리 자신의 동기를 모르고
우리 자신의 문화를 의식하지 않는,
우리의 껍데기만을 건지는 것은
더 이상 필요치 않다.

240

우리의 영혼을 구하지 않고는
우리의 표피를 구할 수 없다.
어떤 종류의 영적 치유를 하지 않고서
우리가 저질러 놓은 혼돈을
치유할 수는 없다.

241

모든 신앙과 모든 문화를 말살시키지 않고
그 모두를 포용하는 공동체는
'우리의 가장 큰 동시대 고통의 핵심'의
치료제이다.

242

'자유'와 '사랑'은 간결한 어휘이다.
하지만 그것들은 간단한 행동이 아니다.

중용이란?

243

도가 넘치지 않는 사람은
외형적인 것에 산만해지지 않고,
나무만 보고 숲을 못 보는 잘못을 범하지 않고,
사물의 핵심에 도달하려는 사람이다.

244

순수한 사랑은
지속적으로 매우 어려운
어떤 결정을 요구한다.

245

완전한 치유는 길고도 먼 도정이다.
오십 세에 나는 아직도 도움을 요청하는 법,
내가 연약할 때
그대로 보이는 것을 두려워하지 않는 법,
적절한 상황인 경우
자신을 남에게 의존하도록 허용하고
남을 믿는 방법을 아직도 배우고 있다.

246

우리의 모든 적은
(마치 스트레스가 많은 가정에서 우리에게
필연적으로 그리고 실제로 의존하듯이)
일가친척이다.
그리고 우리 모두가
일을 행할 때 질서의 역할을 한다.

행복이란?

247

단지 행복만을 추구하면
여러분은 그것을 찾을 가망이 없다.
여러분의 행복에 상관없이 창조하고 사랑하도록 하라.
그러면 대부분의 경우 행복해질 가망이 있다.

248

기쁨을 그 자체 속에서 찾으려만 한다면
그것은 당신에게 오지 않을 것이다.
공동체를 창조하는 일을 하라.
그러면 당신은 그것을 획득하게 될 것이다.

249

가장 강하기도 하고 약하기도 한 우리는
실제로는 절름발이 영웅이다.

250

우리 대부분이 고통스럽게 지니고 있는
우리의 약점, 불완전성, 미비한 점,
부적절성, 우리의 죄, 원만치 못한 점
그리고 자만 같은 속성을
자유롭게 서로 나눌 때
비로소 우리는 진정 우리 자신이 될 수 있다.

희망이란?

251

아주 다른 사람의 집단이
서로를 사랑하는 방법이
반복적이라는 것을 안 이래로,
나는 인간상황에 대해 전적으로
희망을 버리지 않았다.

252

우리는 온전해야 하고
동시에 불완전을 인식하도록 요청받는다.
힘을 구사하고 동시에 약점을 인정하도록,
개별성과 상호의존을 모두 지니게 하는 것이다.

253

공동체는 결혼생활처럼, 지내기가 좀 어려울 때도
그곳에 우리를 남아 있도록 요구한다.

254

공동체에서는 무시당하고, 거부되며,
숨겨지고, 변화되는 대신
인간의 다른 점이 재능처럼 찬양받는다.

공동체란?

255

빛과 어둠, 신성과 모독, 슬픔과 기쁨,
위업과 오욕을 모두 통합시킨다면,
공동체의 결과적 산물은
개개인 또는 부부나 평범한 집단의 것보다
더 원만하다.

256

서로의 재능을 인정하기 시작하라.
그러면 당신은
자신의 한계를 인정하게 된다.

257

다른 사람이 서로 절망적 경험을 나누는 것을 목격하라.
그러면 당신은 자신의 부적절성과 부정확성을
수긍할 수 있게 된다.

258

자기 점검은 지혜의 열쇠요,
통찰력의 열쇠이다.

나눔이란?

259

공동체의 구성원이 약점이 있는데도
귀하게 생각되고 좋게 평가될 때
벽은 허물어지고, 사랑과 포용이 고조되며,
치유와 전환이 시작된다.

260

공동체는 아무도 당신을 치유하거나 전환시키며,
고정시키고 변화시키려 하지 않기 때문에
정말로 안전한 곳이다.
그 대신 구성원은 당신을 있는 그대로 받아들인다.

261

우리가 안전할 때
우리 자신을 치유하고 전환시킬 수 있는
자연스러운 성향이 나타나게 된다.

262

우리에게 평정의 가면이 벗겨지고
우리가 고통, 용기, 절망과 근저에 깔린
더 깊은 위엄을 볼 때
서로를 동료 인간으로 존중하기 시작한다.

상처란?

263

모든 인간이 상심하여 약점이 있다는 것은 현실이다.
우리 모두가 상처를 입었을 때
우리의 상처를 감추려고 하지 않는 것이
얼마나 이상한 일이냐!

264

우리의 상처에는 고통이 있다.
그러나 더 중요한 것은 우리가 서로 상처를 나눌 때
우리 사이에 일어나는 사랑이다.

265

영혼은 파악하기 어렵다.
그것은 물질적인 것과 달리
윤곽을 잡거나 포착하기 어렵다.

266

우리 대부분은 서로의 절망의 실체를
아직도 감추려고 시도하지만,
우리는 늘 궁핍하고 위기에 처해 있다.

위기란?

267

위기라는 한문은 두 개의 문자로 구성되어 있다.
그 하나는 '위험'을 나타내고
다른 하나는 '숨은 기회'를 말한다.

268

건강한 인생은
위기가 없는 것으로 특징지어 질 수 없다.
실상 개인의 심리적 건강은
얼마나 일찍 위기에 대처하는가에 따라
판가름 난다.

269

우리는 우리의 생애에 위기를 만들 필요가 없다.
단지 그것이 존재한다는 점을 인식해야 할 따름이다.

270

아마도 기적은 우리 인간이 일반적으로,
현재 이해하지 못하는 법칙을
따르는 것만 같다.

관계란?

271

싸우는 것이 분열되지 않은 것처럼
가장하는 것보다 훨씬 더 낫다.

272

우리가 우리 자신의 기대감을 비우고,
다른 사람과 우리와의 관계를
미리 정해진 틀 속에 맞추려 하는 것을 멈출 때
비로소 우리는 진실로 경청하고 들으며
또는 경험할 수 있다.

273

인생이란
당신이 어떤 다른 것을 계획했을 때
발생하는 그것이다.

274

때로 친구가 고통에 빠져 있을 때
우리가 할 수 있는 가장 사랑스러운 일은
고통을 나누는 것이다.
우리가 있다는 사실 이외에
제공할 것이 아무 것도 없고
그곳에 있다는 것 자체가
우리에게 고통스럽다고 할지라도……

인생이란?

275

우리는 기꺼이 실패를 떠맡고,
때로 "인생이란 해결해야 할 문제가 아니고
살아줘야 할 신비이다."라는 사실을
음미해야 될 때도 있다.

276

희생은 일종의 죽음이고
재생에 필요한 그런 종류의 죽음이기 때문에
마음을 아프게 한다.

277

진실하게 귀담아들으려면
우리는 우리 자신에게서
고통과 고뇌의 표현에 대한
염증마저 비워야 한다.

278

우리는 삶의 빛뿐만 아니라
삶의 암흑도 포용하여야 한다.

모험이란?

279

미지의 세계로의 진입은 항상 두렵다.
그러나 우리는 모험을 통해서만
아주 중요한 새것을 배운다.

280

우리는 스스로 치유하거나 전환할 수 없다.
우리가 스스로 다른 사람을
꼼짝 못하게 하는 욕망을 버릴 수 있다면
치유와 전환은 수월하게 시작된다.

281

사람들은 보통 스스로 결정하기 보다는
무엇을 하라고 명령하는
지도자에 의존하는 경향이 있다.

282

한마디도 말하지 않는 구성원은
가장 수다스러운 사람만큼
어떤 집단에 크게 공헌할지도 모른다.

사회란?

283

스스로 변화한 사람에게는
아무것도 변화하지 않은 사회에 다시 들어가는 것이
흔히 고통스럽고 때로는 정신적 쇼크가 되기도 한다.

284

우리 인간은 순수한 공동체를 갈망하고 있고
그것이 가장 충실하고
가장 생동감 있게 사는 방법이기 때문에
그것을 유지하려고 열심히 노력할 것이다.

285

사람은 누구나 가능성 있는 성직자이다.
그들의 유일한 선택은 좋은 성직자가 되느냐
그렇지 않느냐이다.

286

조직이 없으면 혼란이 도래한다.
완전한 조직이 있으면 공허할 여지가 없다.

조직이란?

287

적절한 조건만 주어진다면,
소수 집단의 사람들이 평범하게
사랑과 평화의 정신으로 사는 것이
진실로 가능하게 된다.

288

대규모 공동체에 대한 첫 단계는
우리가 모두 같지 않고,
결코 그럴 수 없다는 사실을
받아들이는 데 있다.

289

공동체란 사람들이 그들의 방어선 뒤로 숨는 대신에
그것을 더 낮추는 것을 배우고
그들의 차이를 말살하려고 하는 대신에
사람들이 그것을 그대로 받아들일 뿐만 아니라
그 속에서 기뻐하는, 함께 있는 상태이다.

290

파충류 동물처럼 우리 인간은
동물적 성품의 진탕과
문화적 편견의 흙탕물에 빠져
땅에 바싹 붙어 살금살금 기어간다.
그러나 한편 우리는 용감하게
새같이 하늘로 솟아오를 수 있고,
편협성과 죄짓는 기질을 초월할 수 있다.
우리의 임무는 우리의 거칠고
사나운 품성과 화해하는 것이다.

공동체란?

291

우리는 더 이상 세계와 일치하는
에덴동산 같은 이기심 없는
의식의 상태로 돌아갈 수 없다.
그러나 사막의 혹독한 경험을 통해
더 깊은 의식의 수준으로 나아감으로써
구원을 찾게 된다.

292

인간성에 대한 중요한 거짓된 개념,
그 환상은 인간이 모두 같다는 것이다.

293

영적 여행의 역동성은
우리 모두가 공유하고 있는
복잡한 특성의 하나이다.
그리고 그것은 인간의
독특성과 유사성을
동시에 보여주는 다른 세계를
제공하고 있다.

294

아무도 남성적인 정신과 여성적인 정신의
심오한 차이를 의심할 수 없다.
그러나 남성과 여성 모두는
조금도 이질적일 수 없는
심리 영혼의 문제를 타협하고 절충하며
성숙으로 이어지는 도상에서
같은 장애를 넘어서야 한다.

변화란?

295

변화할 수 있는 우리의 놀라운 능력은
인간성의 가장 핵심적인 특성이다.
그것은 전쟁의 기본적인 요인이며
전쟁의 기본적인 치유이다.

296

우리 가운데 가장 심리적으로 성숙된 사람은
정신적으로 전혀 노쇠하지 않는다.

297

참된 어른은 지속적으로
그들이 변화할 수 있는 능력을
개발하고 행사해 온 사람들이다.

298

우리는 성장하면 할수록
새것이 우리 안에 들어오고
그 결과로 우리가 변화하도록 배우게 하는
능력을 더 갖게 된다.

진실이란?

299

진실이 당신을 자유롭게 할 것이다.
그러나 처음에는 그것이
당신을 미치도록 화나게 할 것이다.

300

우리가 변화하는 것은 쉽지 않다.
그러나 그것은 가능하다.
그리고 그것은
인간으로서의 우리의 영광이다.

301

공동체의 열쇠는
실상 우리 각각의 문화적 차이의 수용이며,
실상 그 자체가 찬양이다.
그것은 세계 평화의 열쇠이기도 하다.

302

우리는 다른 사람을
그의 결점이나 미숙 때문에
좋아하지 않을지도 모른다.
그러나 우리 스스로가 성장하면 할수록
우리는 그들의 결점과 그 모든 것을
받아들일 수 있게 된다.

이해란?

303

예수의 가르침은
우리가 서로 좋아하라는 것이 아니라,
서로 사랑하라는 것이다.

304

신비주의자는 미지 세계의 거대함을 인정하고
그것을 두려워하기 보다는 더 잘 이해하기 위해
더욱더 그 속으로 깊이 파고들려 한다.
비록 더 깊은 이해가 더 큰 신비를 자아내더라도…….

305

좋은 스승이나 치유자가 되는 앞선 기술은
당신의 환자나 생도보다
한 발자국 앞서 있는 데 있다.
당신이 앞서 가지 않으면,
그들을 어느 곳으로도 이끈다는 것은
가망이 없을 것이다.
그러나 만일 당신이 두 발자국 앞선다면
당신은 그들을 잃게 될 수도 있다.

306

우리는 혼자 힘으로 신에게 도달할 수 없다.
우리는 신이 인도하시게 허용해야 한다.

발전이란?

307

우리는 우리의 영적 발전에 있어
의문이나 의심을 뛰어넘어서도 안 되고
뛰어넘을 수도 없다.

308

우리는 의심의 과정을 통해서만
인생의 모든 요체가 영혼의 발전에 있다는 것을
흐릿하게나마 깨닫게 된다.

309

우리는 모두 여행 중이고
그리고 모두가 순례자임을 깨닫기만 하면
실제로 그 과정에서 신과 의식적으로
협동하기 시작할 수 있다.

310

전체를 위한 사랑과 서약에서
실상 우리 모두는 우리의 배경과 한계를
초월할 수 있다.

한계란?

311

우리가 세계 공동체를 개발하여
위험을 모면할 수 있는 그 한계는
우리 인간이 근본적으로
우리 자리를 비울 수 있는
그 정도에 의존할 것이다.

312

묵상의 장점은 빈 마음에 무엇이 개재되건
그것이 우리의 조정 밖이라는 것이다.
예기치 않은, 기대하지 않은,
그리고 새로운 것으로부터만
우리는 무엇인가를 배우게 된다.

313

참된 명상은
우리가 독창적으로 생각할 수 있기 전에는
생각하지 말 것을 요구한다.

314

명상하는 생활 방식은 반성, 묵상
그리고 기도가 충만한 것이다.
그것은 최대의 깨달음에 봉헌된
생활 방식이다.

명상이란?

315

생존하기 위해서, 공동체는 개인처럼 반복해서
멈추어 무엇을 하든지 어떻게 하는지를 묻고,
어디로 가야 할 필요가 있는지를 생각하며,
답을 듣기 위해서는 마음을 비워야 한다.

316

비운다는 것의 궁극적 목적은 다르고,
기대하지 않으며, 새롭고,
더 나은 것을 위해
여백을 마련하는 데 있다.

317

우리가 우리 자신을 비우지 않는 한
다른 사람을 우리 마음이나 정신 속으로
들어오게 할 수 없다.
우리는 빈 마음을 통해서만
그에게 진실 되게 경청하거나
그녀의 말을 그대로 들을 수 있다.

318

침묵이 없이는 음악이 없다.
잡음만 존재한다.

비움이란?

319

우리가 선입견으로 가지고 있는 문화적 또는 지적인 이미지와 기대를 우리 자신으로부터 텅 비우지 않으면 우리는 다른 사람을 이해할 수 없는 것은 물론 경청조차 할 수 없다. 참으로 우리는 감정이입을 할 수 없다.

320

우리의 사랑, 우리의 희생은
어떤 다른 방법보다는
더 자진해서 알지 않으려는
태도를 통해서 분명해진다.

321

애매성을 수긍하고 역설적으로 사고하는 능력은
모두 마음을 비우는 특성의 하나이며
화해하는 데 필요한 한 가지
요구사항이기도 하다.

322

무엇을 포기하는 유일한 이유가
더 나은 것을 얻기 위함이라면,
우리는 "평화를 얻기 위해 우리 자신으로부터
무엇을 비워야 할까?" 물어야 한다.

개방성이란?

323

개방성은 우리로부터 비난을,
심지어는 상처를 감수해야 하는 능력을 요구한다.

324

우울과 절망, 공포와 근심,
비탄과 슬픔, 분노와 용서의 번뇌,
혼란과 의심, 비평과 거부 같은
감정의 기복이 부족한 인생은
우리에게 불필요할 뿐만 아니라
다른 사람에게도 필요하지 않다.

325

기꺼이 상처를 입지 않고는
우리는 치유될 수 없다.

326

치유자인 예수가 우리에게 가르친 것이 있다면,
그것은 구원으로 가는 길이
비난을 받는 것에 있다는 가르침이다.

결점이란?

327

우리 모두는 각종 문제,
걱정, 노이로제, 죄,
실패를 안고 있다.
우리의 결점은 우리 인간이
모두 공유하고 있는 것 중의
극히 소수에 속한다.

328

분명히 결점이 있는 사람 중에서
우리가 공동체를 찾게 되고,
분명히 결점이 있는 세계 국가 중에서
우리는 평화를 찾을 수 있다.

329

우리가 서로에게 줄 수 있는 가장 위대한 선물은
우리 자신의 상처뿐이다.

330

모험 없이는 비난받을 일이 있을 수 없다.
그리고 비난받지 않는 공동체도 있을 수 없다.
공동체 없이는 평화가 있을 수 없고
궁극적으로는 인생도 존재할 수 없다.

성실이란?

331

성실은 언제나 고통과 같이 있다.

332

당신이 성실의 존재 여부를 헤아리기 원한다면,
단지 한 가지 질문을 던질 필요가 있다.
무엇이 빠졌나? 어떤 것을 빼놓지 않았나?

333

성실하게 우리가 생각하자마자
우리는 모두가 모름지기 주인이며
전체의 어느 일부라도
책임을 조금도 부인할 수 없다는
사실을 깨달을 것이다.

334

정원에 핀 꽃은 '나의' 꽃이 아니다.
나는 꽃을 창조하는 법을 알지 못한다.
나는 단지 꽃을 돌보거나 키울 뿐이다.

모순이란?

335

사물의 근본을 보면
사실상 모든 진실에는 모순이 있다.

336

종교의 진실은
일체의 포용과 모순으로 특징지어진다.
종교의 거짓은 그것의 일방성과 전체 통합의
실패에서 감지될 수 있다.

337

크리스천으로서 나는 신이 모순 되게도
그녀의 '아주 작은 목소리'로 우리 가운데,
동시에 그의 초월적이고 숭고한 다른 모습으로
우리 밖에 한꺼번에 임재한다는
모든 실상을 밝힌다.

338

구원은 어떤 수학공식도 무시할 정도로
충분히 신비롭고 모순 된 복합체 속에 존재하는
은총과 좋은 업적의 결과이다.

구원이란?

339

모하메드는
"신을 믿되 네 낙타를 먼저 매어 놓으라."고
하였다.

340

모든 형태의 생각을 허용하더라도,
어떤 형태의 행동은 허용하면 안 된다.
궁극적으로 중요한 것은 행동이기 때문이다.

341

어떤 종교적 신념의 고백이라도
자신의 경제적, 정치적 그리고 사회적 행동을
중요하게 결정하지 않는다면 거짓이다.

342

깊은 관계는 어떤 것이든 혼란이 있게 되고
실제로 그것을 필요로 한다.

화해란?

343

이따금 우리가 그를 저주하더라도
신은 그것을 크게 개의치 않을 정도로
거대한 것이 아닐까?
그러나 신을 크게 분노하게 하는 것은
그가 이용당하는 일일 것이다.

344

인간 의사소통의 전체적인 목적은 화해이며,
화해하여야 한다.

345

대립적이고 심지어는 분노에 찬 의사소통은
때로 우리를 갈라놓는 장벽을 허물기 전
그것의 실체를 확실하게 보여주기 위해 필요하다.

346

의사소통의 적절한 임무는
우리 사이에 사랑과 평화를 창조하기 위함이다.
그것은 평화를 유지시킨다.

의사소통이란?

347

평화 유지와 화해,
즉 공동체 설립은 우주적 문제가 아니다.
그것은 어떤 사업체, 어떤 교회, 어떤 이웃,
어떤 가족에게도 큰 관심사이다.

348

평화 유지의 거대한 장애물은
소극성이다.

349

댁 해머슐드는
"우리 시대에 하늘로 가는 길은
반드시 행동의 세계를 통과해야 한다."고
가르쳤다.

350

사람들을 마치 오랫동안,
확실하게 난폭한 미친 사람 노릇을 했고,
앞으로도 난폭한 미친 사람이 될 것이라고
생각하고 대하라.

자애란?

351

우리가 스스로를 구원하려면
자애를 실천하는 법을 되도록 빨리 배워야 한다.
그리고 그것을 우리의 임무로 받아들이지 않는 한
우리는 평화를 진정으로 원하는 것이 아니고
단지 권력만을 추구하는 것이다.

352

심리적 책략을 멈추는 유일한 방법은
그저 멈추는 것이다.

353

우리가 스스로를 존중히 여기기 위해서는
어떤 권위, 또 그것과 수반되는
일종의 자긍심을 가져야 한다.

354

오늘날 이 시기는
우리가 평화를 위해 대대적인 모험을 할 것을
요구하고 있다.

평화란?

355

참된 크리스천이 되기 위해서는
우리는 위험에 빠져 살아야 한다.

356

우리 각각, 각 사람의 영혼은
선과 악의 전쟁터이다.

357

진정한 공동체의 특성 중의 하나는
그것이 우아하게 싸워야 하는
기구라는 점이다.

358

우리 모두는 성숙을 성취해야 하는
임무에 직면하고 있다.
그런데 이 임무는 모든 구성원이
지도력을 행사하고 권위자에게 의존하려는
그들 성향과 싸우는 것을 배우는 공동체에서보다
더 효과적으로 성취될 수 있다.

평화란?

359

순수하고 오래된 공동체의 한 구성원이 말했다.
"우리는 서로를 너무 사랑하여 아무도 서로에게
무엇인가를 가져가지 못하게 한다."

360

평화의 유지는 궁극적으로
일반 대중의 단계에서 시작되어야 한다.
그것은 당신으로부터 시작된다.

361

존재가 행동보다 우선한다는 것을
기억하라.

362

당신이 당신의 공동체를
아름답게 하는 데에만 정신을 집중한다면
그것의 아름다움은
당신이 전혀 무엇을 하지 않아도
빛을 발할 것이다.

평화란?

363

순수한 공동체는 모두를 포함한다.
그래서 당신이 부유한 사람이라면,
당신은 가난한 사람으로부터
배울 것이 가장 많을 것이다.
온전해지기 위해 당신은
그들의 재능을 필요로 한다.

364

우리는 그것을 좋아하든지 싫어하든지 간에
평화 유지에 앞장서야 한다.

365

평화 유지의 싸움에서
승리하는 전략의 중추는 공동체이다.
그리고 무기는 사랑의 무기일 수만 있다.

◆역자 소개◆

최 은 경

옮긴이 최은경은 서울에서 태어나 이화여대 영문과 동대학원을 졸업하고 미국 콜롬비아대학교와 하와이대학교에서 석사학위를 받았으며 이어 한국외국어대학교에서 문학박사학위를 받았다.

그 후 영국의 런던대학교에서 초빙교수로 강의하였으며, 현대영국작가 캠브리지 세미나, 애버딘대학교 영어영문학 세미나, 옥스퍼드대학교 세인트힐다대학 문학연구회에 참가하였고, 현재는 덕성여대 영문과 명예교수로 재직하고 있다.

주요 저서로 『영어로 펴보는 한국』, 『영어회화로 엮은 한국과 한국의 전통』, 『영어숙어의 길잡이』, 『영어이야기·언어이야기』, 『영어 구동사의 벗』, 『English Dialogue on Things Korean』, 『세계 영어들의 정체성: 그 신화와 실체』, 『영국적 특성과 영국·영어이야기』 등이 있다.

역서로는 스티븐 크레인의 『붉은 무공훈장』, M.스캇펙의 『길을 묻는 그대에게』 등이 있으며, 수필집으로는 『진실의 순간』, 『창문을 두드리는 천사』, 『망각의 축복』 등이 있다.

길을 묻는 그대에게

• 초판 인쇄	2005년 9월 15일
• 초판 발행	2005년 9월 15일
• 지 은 이	M. 스캇펙
• 옮 긴 이	최은경
• 펴 낸 이	채종준
• 펴 낸 곳	한국학술정보㈜
	경기도 파주시 교하읍 문발리
	파주출판문화정보산업단지 526-2
	전화 031) 908-3181(대표) · 팩스 031) 908-3189
	홈페이지 http://www.kstudy.com
	e-mail(e-Book사업부) ebook@kstudy.com
• 등 록	제일산-115호(2000. 6. 19)
• 가 격	22,000원

ISBN 89-534-2817-3 93840 (paper-book)
      89-534-2818-1 98840 (e-book)